歌集

艸径

溝川清久

青磁社

＊目次

I

葉末まで 11
飛行船 14
山を撮りおく 17
草の画帖 19
てつぺん 21
Nachsommer 23
ひろやかに 25
「祭」師団 27
列なりて飛ぶ 30
頭部のみのマンモス 32
踏み処なく 34
神　島 37
あわだち草 39
秋之部 42
虎　杖 45

II

登り窯　49
熊楠の庭　52
「日曜美術館」　54
ちやうどよき　58
傍　線　61
ロゲルギスト　64
白　雲　68
消のこる雪　70
弥生の日日　72
点る灯　74
二度と来ぬ場所　77
円　弧　80
根　菜　83
寺町御門　85
つりばな　89
宇津の山　92

Ⅲ

渡りゆく　99
書き込み　103
結び目　106
日和町　109
見の限り　111
秋ののち　114
水に映る樹々　117
秋を伝ふ　121
けやきの冴　123
川すぢ　132
Water Green　134
カミツレ　138
春へ還る　140

Ⅳ

雲うつくしき　145

『玩草亭百花譜』 148
永からむ 150
中間部 152
かりそめ 155
グローランプ 158
黄　連 161
リコーダー 164
Excel 168
ふりがな 171
「ピーターと狼」 175
あかしま 177
櫻谷さん 180
鳥　瞰 183

V

鯰のひげ 189
船のかたちへ 192
遠巻きに 195

刃　文　198
レプリカ　200
花なれば　205
アンコール　208
日照雨　211
飛　石　215
水　絵　218
走り書き　220
鮮しき　224
窓高きより　228
ツバメノート　229

あとがき　230

歌集

艸径

溝川清久

I

葉末まで

葉末までふくらませつつ風わたる秋のキャンパスに開講を待つ

おほたかの営巣ありし樹を指してなほ棲めるがに声低くいふ

どこを見て名づけしものか更くるまできつねのまごを食卓に描く

台風の雲さやぐ朝きのふよりまつよひぐさの多く咲きたり

明けやらぬ冬空をまづふるはせて高圧線は南北に伸ぶ

柔らかな抑揚に祖母が言ひをりし弘法さんの日天神さんの日

暮れどきに雪かぜわたり竹群の尖《さき》より少し下が音立つ

格別のこと無からむに風のなかを分厚き元日の新聞買ひ来ぬ

飛行船

歌書えらぶ奥の棚まで素馨《ジャスミン》の匂ひ届きぬ寺町通り

文月の雨を押しゆく飛行船並木の上で向きを変へたり

駅前に白虎隊士の像を撮れば清酒「花春」の看板も入る

作柄のともしと聞けるみちのくに子のトロンボーンいかにか響く

いつしらになべて到らむ寂しさの試みとして秋へ入りゆく

秋さりて枯れにしミント剪りゆけば乾ける音に匂ひ残れり

昼の風を貯めをりしごと樹々の葉の夕べしづけき中に散りつぐ

山を撮りおく

鹽竈《しほがま》と読むも書けざる港より指しゆく島はみな名を負へり

ひぐらしの透きたる翅を語りつつ杉の下ゆく月見坂まで

在るとせばこの方角か雨白く樹の上《へ》に見えぬ山を撮りおく

霧雨にけぶらふ山路深く来て国境《くにざかひ》なる湖《うみ》へ近づく

湖《うみ》出でて巌《いはほ》の間《あひ》を走りゆく水に従きつつ身は秋を容る

草の画帖

改訳といへど史実に変はりなく冬の書店に並ぶ『夜と霧』

ひと生《よ》賭くるものにこそあれ雪の日に色鍋島を見果て帰り来

周辺をたゆまず描けばおのづから主題《テーマ》際立ち来ぬと画家言ふ

正月の雨降るあした書架に来て『されど　われらが日々――』などを繰る

杳《とほ》き日の草の画帖に残りたる線やはらかし小さき花見ゆ

てっぺん

匂ひもて雨降り来たる春の夜に息ふかく読む同人誌あり

水張田に数ふる程の穂先見ゆすずめのてつぽうと確かめて過ぐ

電柱のてっぺんに啼く鳥見つつ春のまひるを隙だらけなり

草木のみの聞き分くる音まとひつつ雨にけぶらふ坂を越え来ぬ

Nachsommer

昼どきを八幡社まで遠く来つくろがねもちの幹に瘤あり

秋雨のまにまに弓をひき絞る子の肩が見ゆ窓の暮れ来て

こんな日をNachsommer《ナッハゾマー》と呼ぶなりと講義に聴きし秋のありたり

気象台の銀杏の下にほつほつと白ききのこが弧をなして生ゆ

草を焼く煙広ごる夕闇に中学生らとすれ違ひたり

ひろやかに

彼方まで牧になびける草ぐさの枯れゆく刻を子は此処に見き

蒼深きピロンギア山の樹々の上《へ》にかげを落として夏の雲過ぐ

ひろやかに自《し》を流れゆく河見つつありたきもののひとつと言へり

湖岸《うみ》に夏のひかりを浴みをりし南半球の樹の種子《たね》を蒔く

「祭」師団

伯父の墓にあをき蛙のひそみをり陸軍伍長の長の字のなか

インパール戦に斃れし伯父は三師団「烈」「祭《まつり》」「弓」の「祭」に在りき

戦歴のこぼれ読めざる六文字を○印とし墓碑写し終ふ

誰の墓も竹の枯葉の降るなかにおのが高さの影を持ちをり

モガウンとふ伯父の逝きにし要衝の写真を薄き戦記に見つく

ビルマより伯父の還らず六月を泥ぬぐひては水無月と呼ぶ

秋へ吹く風を聞きつつ登りゆく戦死者墓地は井戸に隣れる

列なりて飛ぶ

人はみな見たいものしか見ざるなり泰山木の白とのみ咲く

あてどなく多に蒔きたる種子《たね》のうち金魚草のみ咲き出でむとす

米俵列なりて飛ぶ古き絵に空仰ぎゐる鹿の見えたり

朝顔と思ひて母が抜かざりしひよどりじやうごの蔓長く伸ぶ

雲わたる森を出で来ぬ不見日《ひみず》とふ小さきむくろの名を聞きてのち

頭部のみのマンモス

長き列の後尾に従ける日ざかりにねこのひげ咲くひと群の見ゆ

頭部のみのマンモス見つつ左へと運ばれてゆくそれぞれの今日

秋暮れて街より消えぬ万博の案内板は確とありしが

樗《あふち》なら高安さんも詠まれきと押し花見つついふ人のあり

繰り返し「やがて滅ぶ」と書かれをり復刻なりし『文楽の研究』

踏み処なく

見果《おほ》せるものにあらねどこの年の紅葉を椋の下に仰げり

子の吹ける金管の音《ね》を混じへつつ第二楽章あはれ高鳴る

背が少し伸びたりと子は帰り来てひと連なりの秋を語りぬ

踏み処なくもすもす往けりこの街に五十八年ぶりのおほ雪

声までは聞こえぬ距離に水鳥の群れ動きをり翳を生みつつ

上の子の歯型ちひさく残りたる笏《しやく》見遣りつつ雛を並べぬ

昼日なか職場にひゆつと言ひさうな紅旗征戎吾ガ事ニ非ズ

ベランダの手摺りに雨滴ふくらめり番号持たぬ交響曲《シンフォニー》を聴く

神島

けふの日の神島《かしま》を右にさみどりの坂登り来ぬ番所山へと

いしぶみの歌を幾たび読みかへす紀の国の海に風わたりゆく

水彩に遺れる粘菌図譜見つつまなこ透きたる人と会ひをり

長生きはすべきものなり熊楠の言ひにし昭和四年はるけく

あつめ来たる神島の樹木分布図に今は減りたるあきにれ多し

あわだち草

補足長きメール打ち終へ昼となる　卒業式は既に果てしか

降りやまぬ春の雪見る窓の辺にあす退職のひとの混じれる

連休の半ばに描きし草の名が雨降る朝の図鑑にありぬ

後の世はどこからならむ魯山人の器に夏の果実の置かる

程もなく菱は水田《みづ》を覆ひゐつ自らつくる影持たぬがに

実は穫らず朝露ひかる野へ出でてただに種子《たね》蒔くひとを思へり

窓ごとに降る雨の音異なれりわが寝ぬる間に世は移りゐて

うへの子と呼ばざりし頃の写真なりあわだち草がうしろに揺るる

秋之部

左脳より目覚めたるごとあかときの木群を満たす蟬に聴き入る

初蟬を聴きたりと書くノートには青きインクのにじむ箇所あり

「吹く風は」の助詞に二説のあるらしも金槐集の秋之部へ入る

蟬鳴くを詠みたる古歌の少なきに言ひ及びつつ中食終ふる

しばらくは日蔭あらざる道を往くいちじくの香の濃き庭過ぎて

待ちをらば順番の来るものならず　万博跡地にをみなへし咲く

どの花も見ゆるままにと言ひ来しが葉の破《や》れたるを描かぬ日のあり

虎杖

この人と呼ばれたる樹を仰ぎをり秋へと歩み入る森の径

ゆるらかに吹き込む息の楽《がく》となり満ちゆくまでを秋と聴きたり

一度のみ父とめぐりし北山に虎杖《いたどり》の名を聞ける沢あり

冬雲の圧《お》し来る空へつぶつぶと八手は助詞のごとく咲き初む

風に鳴るけやきの下の礼拝堂《チャペル》よりをりふし朝の歌ごゑ聞こゆ

Ⅱ

登り窯

海に降る雪の止まざり天気図の広き雨域を緑に塗れる

明日には寒戻るとふ夕ぐれのけやき若葉に椋鳥くだる

同い年の学者並びて写りをりともに笑ひしゆゑは知らねど

萼片の反れるは西洋たんぽぽと何も混じらぬやうに言ひたり

はつ夏の寺町通りをめぐり居り面相筆の穂先ながめて

登り窯の傾りしるけく遺りたる工房跡を夏の日に訪ふ

冷蔵庫に貼られしメモのひとひらに流星群の名が書かれあり

暮れがたき終戦の日を帰り来て母の庭べの水遣りに立つ

熊楠の庭

結界のやうに流るる夏の川わたりて君のゐる寺を指す

墓処へのしるべとなれる樹の蔭に白くくさぎの咲きさかる見ゆ

夕陽映る書斎の軒に蟬の来てしまらくを鳴く熊楠の庭

変哲もなき柿の木と見えながらミナカテルラロンギフィラはここに棲みゐき

さやさやと樟の葉鳴らし吹く風の比ぶるものを持たねばさびし

「日曜美術館」

柄の太き網を右手に待ちゐたりアサギマダラのわたる峠に

この人の絵に在るごとく生きたしと「日曜美術館」を終はりまで見る

採り来たる秋野の草の種子《たね》収め古封筒の角を折りたり

スケッチを了へて吾へともどりゆく樹《こ》の間《ま》に蒼く冴ゆる空見ゆ

立ち止まる人なき坂にひひらぎの花香りつつ夕べとなれり

駅の名に「いせ」とそれぞれ添へあるを車窓に見つつ歌会へ向かふ

祭日を石垣のみの城へ来て海の方《かた》より吹く風に立つ

草木《さうもく》の名を知ることの何ならむ春闌くる日にしばし思ふも

どの道も気象台へと続きゆく猫洞《ねこがほら》通りを散歩に選ぶ

術もなく滅ぼされにし民の名を保《も》ちて珈琲のつよく香れる

ちやうどよき

古臭いくらゐがちやうどよいのです薬草園に教授は言へり

薬草を見て来しのみにはつ夏の夕べ思へることのさびしき

ベルリンの壁とて夏に子のくれしあをき欠片が歌集と並ぶ

金色《こんじき》の糸交へたる蜘蛛の巣が目見《まみ》の高さに径ふさぎをり

法師蟬を知らざるごとく窓ぎはに子は旅行記のキー叩きをり

風景と草木に分けて使ひ来しmaruman《マルマン》の画帖が廃番となる

公園の小高き富士の裾野へと欅もみぢの散り初めにけり

傍線

ひつぢ田のみどりに馴れて歳晩の雨かすか降る径を帰り来

水鳥の群れはふた手に分かれつつ中洲の昏き草なかへ消ゆ

連れ立ちて冬の名古屋に見たりしを復た思ふらむ「印象　日の出」

うるはしき訳編むごとく入る森に枯葉の匂ふ坂道をとる

まめなしの上枝なる花よく見むと数多の草を根方に踏むも

草色の傍線引かれし数行にとほき山の名しばし続けり

雨と聞きなどか安けき朝あるを誰に言ふなく発ちて来にけり

ゆつくりと遠くなりゆく春ばかり図鑑に積もる埃を払ふ

ロゲルギスト

金《きん》をつけて呼ばるる草木混じり咲く森の深きへつづく径あり

ロゲルギスト七人のうち五人まで既に在らぬを奥付に読む

校庭にむくろじの樹を仰ぎきと風冷ゆるあさ君の言ひ出づ

支へとも思ひ来たりし一冊をさかむけ多き指に取り出す

もつと寒き街に降り立つ子を思《も》ひて仕事はじめのひと日暮れたり

窓ひろき新型車輛に乗り合はせ二月の朝を茂吉読みゆく

しら梅が紅より先にほころべる博物館を京博《きやうはく》と呼ぶ

風のなき草のなだりに屈みゐて虫にも過ぐるこの日と思ふ

森に来て聞きたかりしは梢《うれ》わたる風の音なりうつし身を吹く

草の葉へ薄日の届く畦道を先に蛙となりたるが跳ぶ

白雲

公園の乾ける土に鳩らゐて大きなる雲の影へ入りゆく

高窓に夏のひかりの残りをり字に書かれたるひと生《よ》をたどる

二度三度われに当たりて飛びゆける蟬のありしを真夜に思ふも

ほどけたるままの記憶に白雲のしきり湧きつつこの夏終はる

昼からの風に揺れつつ葉の尖《さき》を越えぬ高さに稲の花咲く

消のこる雪

翳ふかき斎庭に立てる砲弾の錆へ夕陽の積もる頃なり

前をゆく下校の子らの制服がいちやう散りしく日表に出づ

川沿ひに消《け》のこる雪を見放けつつ草のことばで君に言ひたり

歳晩のうすき朝風浴みながら後輪前輪に空気入れゆく

弥生の日日

祈るよりほかなき弥生の日日暮れて雪降るけさのみちのくを思ふ

船の上《へ》ゆかへり見したる晩夏《おそ》の漁港のかげは夜半に顕ち来も

しばらくをひとの言葉に触れてのち眠らむとする春の夜つづく

点る灯

北山の地図に引き来しあを線の径薄れつつ春の闌けゆく

何も置かぬ部屋となる日を思ひては狭き机に手紙書きをり

地下鉄の駅に振られし番号の増ゆる方《かた》へと帰る月の夜

絡み合へる蔓も枯れをりひるがほをこの畦道に日日ながめ来て

蟬のこゑしばし途切るる日ざかりに前《さき》の世までも見ゆるごと言ふ

押し花のいまだ乾かぬ紙の上を赤くちひさき蟻が這ひをり

山ぎはを夕靄低くたなびける川の向かうに点る灯のあり

秋雨の折りふし到る山峡に何終へたるとなき日の暮るる

二度と来ぬ場所

受難曲のはじまりのごと陽をあびて銀杏散りをりどの枝となく

手放せる方《かた》に立ちつつ古本の背文字ながむるシマウマ書房

向かひ合ひて座る四人の家族なり海まで近き川を越えゆく

葉の小さきかへでが好きと君の言ふはるけき寺の名を挙げにつつ

風のなかに数多生りたる樹々の実を仰ぐのみにてけさは足らへり

西の陽が居間の奥まで射し来るを初めてのごと眺めてゐたり

けふで終はりと思はぬやうに歩みゐつ森ぬち深く草の芽吹ける

二度と来ぬ場所がこんなにあることを春のはじめに幾たび思ふ

円　弧

窓口が円弧をなして並びをり春のあしたの待つのみに過ぐ

夜桜を妻と仰ぎて歩む間に息つぎ深くこの春往かむ

雷雲の去りにし午後を北の字のつける役所のひとつに向かふ

自転車で過ぐる堤の暮れながら赤つめくさの幾許《ここだく》咲くも

過渡期などいづくにもなしひび割れた白壁に射す五月のひかり

言ひ得しはなべてにあらず堤防に立ち上がりつつひるがほ咲ける

測り得ぬひとの望みを思ふ間に中洲の草の向かうは翳る

根菜

おほ雨に濁りし川の澄みくるを自明ともなく朝あさ目守る

草なかに戻りてしばし耳に聴く罷りしひとの夏の言の葉

標本に残しおきたる黄の花が積みし歌集の上に散りをり

風になびくいね科の草の増えながら味はふべしと秋は来てをり

河野さんの逝かれし後《のち》の幾冊に根菜描きたるカバーをつける

寺町御門

樹々濡らす雨にもみぢの色見えて寺町御門に止むを待ちをり

裏紙に書く草稿の半ばより並木すがしき街へ入りたり

冬の雨通りし足場解《ほど》かれて空のふかきに大屋根の触る

銀行と郵便局の向かひ合ふ通りに朝の雪降り続く

同じ世を歩みたること　ほそき陽に中洲の草の霜ひかりをり

夕陽浴むる北山の美《は》し時じくに気層遠近法を逸れつつ

わびすけの侘はにんべん水彩の滲める傍に横書きとせり

植物園北遺跡とぞ知らぬ間にわが棲む辻もくるまれてゐつ

別れ来たる春の夕べの森に鳴れ吹奏楽のための組曲

デルフトの街に在るごと雲間より歳の終はりの陽は零れ来ぬ

つりばな

行列の見えぬうちより聞こえ来る鉦と太鼓の音《ね》に雪の降る

百年ののちを思《も》ひをり冷えながら梅しろきまま庭に散りしく

桃と桜ふたつの組の幼らが開門式のテープを切れり

晴るる日を机《き》に対ひゐるしづけさのPrunus《プルヌス》はもう桜にあらず

位置変へてつりばな仰ぐ森ぬちはみどりのままに暮れはじめたり

万屋《よろづや》とふ店の名けふも残りゐて門のほとりに半夏生咲く

けさひらく蓮より淡く遺りたる巨椋《おぐら》とふ名をこゝろに出だせり

宇津の山

雨のなかに今も家族と棲むごとき街を新幹線に過ぎゆく

八階の窓に見放くる切れ切れの水を霞ヶ浦と呼びをり

世に在ればひと日の混じりゐて白やまぶきの種子《たね》を集むる

何度でも空描きしかど足らざりとふ君の目見《まみ》もて仰ぐたか空

青い風とふギャラリーに入る震災の春より会はぬひとの絵あれば

すぢ雲の増えたるまひる君と来て宇津の山とふ煉切食《ねりきりた》ぶ

ブラームスは秋　とほき日に言ひたるをなほあざらけく思ひて聴くも

ほんたうに楽しかつたね秋の日をひと生《よ》のごとく言ひつつ帰る

まんなかに一升瓶とさかづきを並べて遺作展の始まる

あを深く草木あふるる水彩に「上賀茂にて」と師の添へられき

Ⅲ

渡りゆく

現し世に咲き余るごと辻つじの百日紅は花穂を揺らせり

早世の伯父が掘りにし防空壕の跡の窪みを草の覆ふも

いつよりか区民の誇りと書かれゐる椋の高さに並木の続く

あらためて言ふにあらねど庭隅に秋のひかりの兆す朝なり

帰るとはいづこへ向かふことならむ木曾三川の返す陽のいろ

蔵ひおきし写真に浮かぶ秋の雲　かの峠から人里見えず

山あをき方《かた》へと帰る風の中いづれの岸もしぐれつつあり

定型のしづもる盆地冷えながら雲の底ひを朝の陽透る

水源の森めぐりたる日日ありき橋の半ばに北山を見る

雪霽れて橋渡りゆくひとときを山の端の色はつかに変はる

書き込み

マタイ伝の草に及べる章節を久方に会ふひとと語れり

口伝てに草の時間を運びつつ忘れられざる三月に着く

草の名はかなで書くべし風わたる木蔭に寄りて野帖をひらく

生薬《しやうやく》学の傷みはげしき一冊に伯父のインクの書き込みを読む

確かなる約束のごと巻末に秋のひと日が記されてあり

没年より生年引けるくらがりをなほも深めて夕星《つづ》のぼる

亡きひとに見せたき花の散るなだり名は呼び返すために遺れど

いつぺんに葉桜となる坂を経ておのが現へ戻り来るなり

結び目

星合《ほしあひ》の空仰ぎにしひとの方《へ》にしろがねの色ふかく集まる

わたつみの鳥の翼を見まほしと夜へ溶けゆく際《きは》に思へり

結び目を雲の高さにさがすなりもはや夏とは刻まざる日に

幾ひらも貼りし付箋のみづ色のさやけき初学百首ひもとく

いづこにも月の繊《ほそ》きは見えながら風の一首に秋は立つなり

錆をふふみ月照る真夜の帰るさの環八《くわんぱち》通りにバッハ聴きにき

とも綱をほどきて長く語りをり月明らけく木梢《こぬれ》にかかる

日和町

三十年を居間に掲げし画のなかのドゥブロヴニクの海は凪ぎをり

この家に積みし時間のことなれる子ら夜更けまで話しやまざり

たはやすく戻れるやうな隔たりにもう世に見えぬひとの文読む

ひとひらのセガンティーニの絵葉書が現はるる夜に片づけを終ふ

日和《ひより》町《ちやう》の丘に見放くる街並みのあかるき朝《あした》北の風吹く

見の限り

見の限り秋づける野に在らなむと翳集めゐる樹に惹かれをり

山並みのしぐるる刻に樹のごとき博物館を見了へて帰る

子の文字で「なにかのたね」と書かれありバウムクーヘンの箱のおもてに

それ以上考へなくてよいと言ふ　庭の隈なるけふの陽だまり

夏の日に繰りかへし子の吹きゐたるByrd《バード》のラウンド窓辺を満たす

採りおける樹の種子《たね》蒔けばふくらかな文体のごと指を離るる

何度でも新たな秋が来るとして草生に敷ける落葉を眺む

秋ののち

境内のうしろの尾根ゆみんなみの旧き学区の端を見届く

街路樹のはじまりだつた百合の木の葉を踏む音と駅へ急ぎぬ

秋ののち生くるに馴れてあら草の枯れたる径を往還に択《と》る

試すがに冬陽明るむひとときを活字となれる古文書ひらく

花描くは蕩尽に似む春の草を子への短き文に添へしが

離《さか》るとも父でゐるなり草の上《へ》を覆ひし雪のはだらに融くる

梅のあと山吹までを春としてこゑ絶えし日を包みなほすも

分かるとは伝へゆくこと　窓越しに見上ぐる山へ雲の影落つ

水に映る樹々

月光とふ印画紙古りてまだ若き父のこゑする鴨居のあたり

土手に咲く草の名の美《は》し今しがた付けたるごとく野帖に記す

紙でしか逢へないひとの増えながら標《しるべ》つめたき苑をめぐりぬ

戦ぐ葉の裏とおもてと　人の世の淡き色もて塗り分けらるる

硫酸紙のカバーは棚に散りぼへり岩波文庫のしろき帯見ゆ

水に映る樹々もろともに暮れかかる秋の終はりを君が見てゐる

ポスターに刷られて冴ゆる森かげの奥処へ月の昇りゆく刻

樹が君に描かせたる日のありぬべし写生の線の殊に清しき

遺されし絵もてひと生《よ》を測るなり山やま近き橋の半ばに

冬晴れの整ふとなき山の際《ま》ににじむ枯野を抱へてゐたり

秋を伝ふ

柿の葉に音立てて降る八月の終はりの雨を伯父は聞きしか

伯父と同じ漢字をひとつ名に持ちて薬草園の真昼をあゆむ

雨あがる加茂街道の帰るさに仙人草《さう》のひらく岸過ぐ

さん付けで世になきひとを語ること　澄みたるままの秋を伝ふも

萩の花咲くほど遠し風吸うてすこし昔のひとを思へば

けやきの谺

ふるさとの岸のけやきを仰ぐ日に吾《あ》は一本《ひともと》の樹になり始む

おのが下に蔭生み来しを樹と呼ばむ葉擦れの音の昏れても止まず

納屋なりし窓から見ゆる川沿ひの桜並木に欅の混じる

通学に子の使ひたる自転車で架け替へ近き橋わたりゆく

樹を伐ると読めざる工事計画を組長なれば家いへに配る

いつよりか家族《うから》の時間たどり来て欅をとほく視野に収むる

えにしの「し」は強めの助詞ぞ捲りたる暦に数字あかるく並ぶ

隙間なく天晴るる日の続きをりやがて断たるる大樹のうへに

むらぎもの烟らぬ幹に倚りながら世の外に棲む父と語りぬ

伐採の日どり知らねど秋深み紅葉《もみ》づる色の去年《こぞ》より著し

スケッチの最後に厚き幹を塗る　苔のむすとも虚《うろ》見えぬ幹

樹には樹のたましひありと言ふひとに隣りてチェーンソーのひた鳴るを聞く

裂かれゐる枝が香を立つ霜月の水際《みぎは》の大気はつか澄ませて

根絶やしを身じろがず視る枝打ちて幹を伐りたるのちの工程《プロセス》

安保法の通りし秋に伐られたり樹齢七十年とふほそきこゑする

ここからはもつと寂しい川である水鳥の名をいくつ挙げても

渡り切れば彼岸と此岸換はりゐつ橋のたもとに樹のかげ探す

いまだ何も尽きてはをらず身の奥へけやきの谺するどく還る

草の穂に夕べの雨のひかる径ともに在りにし年どし数ふ

翼《よく》に似て根の張りゐたる法面《のりめん》にまたあたらしき雪の積むべし

長き年を好《す》い場《ば》でありし樹のために写生七枚けふも仕舞はず

冬の指にとつぷり重きステッドラーの鉛筆削りに芯を尖らす

あをあをと力ある夏分かちたし伐られたる樹の種子《たね》を蒔きおく

町内の御初穂《おはつほ》、人形《ひとがた》集め終ふ　おほ歳までに残る日日あり

川すぢ

どの花も初めてを咲き散りゆくをこの川岸に君と眺むる

とほき日の草木の画帖繰りながらまた夏を吹く風に聞き入る

倍音の響かふ夏の川すぢのいちばん奥にかの樹立ちゐき

はじまりも終ひも見えぬ夏の日のちぎり絵のごと庭より昏るる

川上へ真白き雲の移りゐつ草にも樹にもなれず帰り来

Water Green

台風のあとさきに咲く草ぐさの葉へ溶けながら飛蝗とびをり

何を塗るためにあらねど購へり Water《ウォーター》 Green《グリーン》と書ける一本

あべまきの落葉がふかく積むところ教へてくれしひとを思へり

葺替への了はらむとする楼門をくぐりて秋の神前に出づ

九番目の変奏をもて結ぶなり子の吹きをりし古き舞曲は

起き出でて昨日《きぞ》の続きを書き始むふゆぞら既に前《さき》の世となる

こゑまでも蔵はれてをり食卓にかな書き多き君の本を読む

ひとの上《へ》の夕空広し大祓《おほはらへ》済みたる杜を真直ぐに帰る

雪積むを covered と綴る夜の明けて屋根の向かうに鳥の啼き出づ

ひかり到る樹かげに花を咲かしめて節分草は名より小さき

カミツレ

画家なれば画業と言へりわかき日の君の描きし夏山聳ゆ

昨日からけふへ降りつぐ雨音の庭にカミツレ咲きはじめたり

こののちも絶筆にあるを思ふなり「相州阿夫利山《さうしうあふりやま》」の稜線

ひと夏の速さに添うてあら草の花咲き出づる庭をもとほる

春へ還る

うへの子が小学校から使ひ来し机《き》に春まだき朝刊ひろぐ

旧き絵図の賀茂社《かもしや》の傍のかな書きをけふ漸うにくわんおんと読む

花の色をこがねと呼べるひとありき山茱萸のえだ風に揺れ初む

長らくも彼が吹きつぐファゴットのかへでにあるをこの春知りつ

春へ還るつかのまのあり森ぬちに去年《こぞ》仰ぎたる樹の名を唱ふ

Ⅳ

雲うつくしき

つかのまに川霧満ちて往く方《かた》の出雲路橋の見えずなりたり

子の好きなシスレーの絵の続きをり雲うつくしき下にひと棲む

稜線の向かうになほも山塊の蒼きが見ゆるホワイエにをり

降るさまを幾たび変へて如月の雪はひかりの中にやまずも

雪の上《へ》に雨降る朝をとほく遣る封書の宛名読み返しをり

名を持たぬ草のあれかし彼方《をちかた》の芽吹きを見つつ過る樹々の間《ま》

さくら花仰ぐなく子の発ちゆけりサドルを元の高さに戻す

『玩草亭百花譜』

同定を誤りしことも記したる『玩草亭百花譜』の文字優しかり

をりをりの彩管をとる晩年に「絵かきはいいなあ」と君の語りき

四度《よたび》までくさふぢの花を描きをりし福永武彦夏に逝きたり

厚からぬ『病中日録』読み終へて野の草の名を思ひ返すも

永からむ

おほ樟の下にい寄りて雨を聞くこよひ神輿に御霊《みたま》移さる

暮れかかる葉蔭にひそむバオバブの二輪のひらききるまでを見つ

庭に植ゑし樹はわれよりも永からむ暮るる青葉に雨の匂ひす

台風のとほく過ぎゆく夕どきの運動具店に君を待ちをり

傾ける陽を容れながら竹叢は世になきひとのこゑを立たしむ

中間部

丈高きあら草の絮光らせて秋といふ秋の終はりゆくなり

さびしさの端をゆつくり折るやうにゆりかもめ飛ぶけさの川の上《へ》

秋の陽のごとき中間部《トリオ》の早も過ぎてユーフォニアムの主題還り来

第八講を君と並びて聴きをりぬ去年《こぞ》の秋より二百年過ぐ

生れにしは御菩薩池《みぞろがいけ》のほとりとふ大雅の厚き画集をひらく

いまだ知らぬわれへと還るしづけさに雪の融けつつ樋《ひ》をつたひをり

いちはやく枯葉の間《あひ》に咲き初むるきんぽうげ科の花のかそけき

かりそめ

身のうちに景色を育て来たること　さくらの若葉雨に濡れ初む

球根から花までを見たる半年に幾たびも子の土産と言ひき

おしなべて薄荷と呼ぶも四種なる違ひを香もて憶えむとせり

刺つよきマリアあざみに触れをれば乾ける空を蝶の飛び来る

かりそめはこの世にあらず無患子《むくろじ》の実生を六号鉢に植ゑ替ふ

神紋の赤く刷られし人形《ひとがた》にことしの数へ齢を書き添ふ

しばらくを来ざりし墓に風露草《ふうろさう》の花咲き終へて葉の色ふかし

インパールとレイテに果てし二人《ににん》ののちわが係累に戦死者をらず

グローランプ

院展へ産後の妻と来にし日の石段《きだ》をまた踏みつつ思《も》へり

桔梗《きちかう》の咲ける庭より登りゆく裏の山辺に蕪村の墓あり

この秋の外《ほか》に秋なしつはぶきの花ほどけたる庭へ下り立つ

遠景に公孫樹色づく朝を来てフェルメール展の列に混じれり

名を知らぬ鳥あまた来て啼きつぐを吉事《よごと》ならむと縁に聞きをり

目の端に子の横顔の仄見えて交響曲はコーダへ入れり

父の字に電球とある小箱よりグローランプを出だし取り替ふ

ものの芽のなほ固き日の帰るさを御苑にあらぬ御所抜けてゆく

黄連

石庭《には》にしきり雪降るしづけさの手摺《てずり》版画の棚を過ぎたり

黄連《わうれん》の咲きつぐ傾りあかるきにわが択《と》らざりし薬学はあり

美しく描かねばならず　入口に読みにしことば帰路も思はる

二週間を臥せゐるひとに届けむとつぼみの多き梅が枝さがす

待ちしかど咲けばまへから在るごとき桜並木の下を歩むも

手書きなる旅の記録の遺りゐつ父と往きにし春の日日読む

梅の実のことし小さく木の蔭をはるか離れて転がれるあり

リコーダー

厚紙の建築模型たどりつつ現存せずとあるをまた読む

亡きひとの育み来たる庭草に屈みてをれば雨の降り出す

犬をつけて呼ばるる草のとほ目にもしるけき花をおのおの掲ぐ

しばらくを降るとふ雨に濡れながら若冲展へ君に従きゆく

翳とともに枝打たれたる樹々のした若冲のゐる墓へと歩む

ひとの手を経ざるものなき優しさに山伏山の茅の輪をくぐる

早朝にさらひてゐたることなども思《も》ひつつリコーダーの楽《がく》に聴き入る

去年《こぞ》の秋ならびて聴きしシベリウスを子は折節に語り出づるも

寂しさのかたち無きこと水彩にむらさきしきぶの実を塗りはじむ

Excel

大文字と妙法の妙が窓にあり閲覧室に目見《まみ》上ぐるとき

Excel《エクセル》のなかりし頃に描きたる草木《さうもく》の名の入力始む

亡きひとの手紙となれりターコイズブルーの文字のなほ濃きところ

ひとりより通れぬ木橋わたり来てあけぼのの草《さう》の枯れたるを見る

もう森はあらずと彼の言ひをりき素描に冬のけやき木つづく

紛れなく過ぎたる秋を坂に見て山ぎは深き薬園へゆく

薬園の終はりに枇杷の花を見つ光るともなき雨に濡れゐる

ふりがな

君のこゑが雪と言ひたり覚めやらぬままになづきの仄か明るむ

とがりたる冬芽の色を見るのみに森の息づくひとときのあり

一首もて立つしかあらず雪残る庭に色なき雨の降りつぐ

北山の稜線あをく連なれる大垣書店のカバーに手触る

いや高き梢《うれ》震はせて吹く風を確と聴きをりこれだつたのだ

空薫《そらだき》の香《かう》のけむりの見えながら桜咲く日の遅きを言へり

モーツァルトのやまず流るる窓口に住所氏名のふりがなを振る

為しおかむ数多のことをいちどきに思ひ出だせり春の日はなほ

展葉のすすむ桜の下かげにむくどり二羽の頬りついばむ

君のいふ色合ひ思《も》ひて暮れ方の鳶尾《いちはつ》咲ける堀をめぐりぬ

鉢植ゑのふたばあふひを神燈《みあかし》の下へ移して祭近づく

「ピーターと狼」

主従なく丈の伸びたる青花《あをばな》のこの世にひらく朝を待ちをり

夏に思ふ過ぎにし時の永きことみどりごと目を合はさむとせり

わが知らぬ木立を仰ぐ日のあらむみどりご泣きて朝の透きゆく

杭を打つ位置決めをれば対岸にブラスバンドの校歌はじまる

「ピーターと狼」を聞くみどりごの九月の朝《あした》てのひら上ぐる

あかしま

草の名のインクの瓶を傾けて昨夜《きぞ》よりつづく雨に聴き入る

颱《あかしま》のまたの日晴れて石段《きだ》に桜のくらき枝集めをり

去年《こぞ》までは何もて秋と呼びをりし樹々倒れたる堤をありく

秋楡の材の堅きを言ひながら横ざまの根と幹に触れたり

若き君の書きつぎし秋思はれて『日本文法文語篇』を読む

平成が終はる日のあり秋陽射す知新館に来て国宝を見る

いちばんに燕子花図へ向かへりと君のメールが昼すぎ届く

虹の脚立てる処に棲むひとのあるを思ひて堤過ぎたり

櫻谷さん

妻もわれも櫻谷《あうこく》さんと呼びをりぬ画室の庭へしぐれの到る

棚に遺る絵具の瓶の大小に欠けく緑青《ろくしやう》、白群《びやくぐん》透ける

川の水の返す光にけふの日の生活《たつき》のあるを長く見てゐつ

雨を聞く年の終はりの片づけの何が片づきゆくのか知れず

山襞をひととき深く見せながら冬の光の傾きゆけり

冬をしまふ器のあらば幾たびも数ふる夕べ雪となりたり

鳥瞰

三針の柱時計を掛けありき父の打ちたる釘のみ残る

扇形《あふぎがた》のチーズを口へ運びつつ雪降りやまぬ鉄路に見入る

荒縄に男結びを習ひをり風の倒せる樹々思ひては

鳥瞰の絵図のはたての海の色見たる夕べを雪のなほ降る

さまざまの冬芽描かむと森へ来て薬効あれば黄檗《きはだ》を選ぶ

幾たびか青のインクを補ひて二月みじかきままに過ぎたり

連翹にやまと・てうせん・しなありて大和のちさき花を思ふも

昔見たるただの春などなきものを野辺青めりとこゑに出て言ふ

秋草のこころもとなき種子《たね》あまた蒔きたる上に土をかけゆく

塗るほどに花の濁るを思ひてははがきの裏へやまざくら描く

V

鯰のひげ

アーケードの蔭を飛び交ふつばくろのいづ辺の春もいちどきに過ぐ

咲き出づるえごのきまでを径のあり池のめぐりに沿うて曲れる

咲き残るかきつばた見ゆ小憩に神輿のかたへ離れたるとき

雨避《よ》けてかへる堤の樹々昏し火曜に祭の列の過ぎたる

使はぬと使へぬがあり透明の袋にふるき切手をしまふ

茫《とほ》くまでもの見ゆる午後めぐり来て四照花《やまぼうし》咲く岐路にかかりぬ

横長の画のまへに出て若きひとは鯰のひげを語りはじめつ

船のかたちへ

列に並ぶ博物館のまへ庭を浄むるごとくひるがほの咲く

とめどなき暑気を言ひつつ絵のなかの景色のごとく忘れゆくべし

水の音ほそく傾く境内にけふの螢の飛ぶを見てゐつ

鹿の棲む森の遷移を聴きながら下草消えし広がりに佇つ

橋の上《へ》に送る側から見放けをり船のかたちへ火の連なるを

書き出せば秋思はるる草の名の既に夜来の雨あがりをり

尋常科四年の伯父の綴りにき上賀茂橋が流さるるまで

遠巻きに

山の端のうへなる空の広がりにはかりごとなくこの秋の来る

数となく栗生りたるを往還に見上げて君はちひさく言へり

ホルストに娘ひとりの居りしことインクの瓶を開けつつ思ふ

友と来て花押に見入る刻のあり東寺百合文書展《とうじひやくがふもんじよ》（後期）

逆光に火伏せの銀杏照る下を身ぬちしづけくなりて過ぎたり

近きよりはるけき木立色づくを言ひつつ橋の西詰に来る

遠巻きに秋の音する森かげを誰のためともあらず歩めり

刃文

幾振りの刃文《はもん》を見たる帰るさの堤くらきにびはの咲きをり

野ぶだうの長き学名思ひつつあを濃くなれる実を描きはじむ

たまきはるひと生《よ》のうちに積む雪の嵩知らぬまま歩み来たりぬ

枇杷の花とほ目に咲ける辺りより樹木園への坂きつくなる

歳晩の敷居につよく摺り込むるいぼたの蠟の花を思ふも

レプリカ

すこしづつ身軽になるといふことの茶の花を見し径へ日の差す

しら梅の散りはじめたる水ぎはに失ふ日日を春と呼びをり

チベットの文字に仏と綴りゆく墨の湿めりの光をかへす

伐られたる竹叢に降る雨を聞くなほ此処に在るひとと並びて

たどり来たる椿の山の坂尽きて下りみじかき径にしたがふ

レプリカのやうなる時間混じりをりひとの隙より桜木あふぐ

倒木の片づけられしを言ひながら境外摂社より母帰り来ぬ

風あるを音に聞きつつ埋めゆけり原稿用紙の右の半分

秋とほく「筑摩」とともに沈みにし兄語りたる弟《おと》のけふ逝く

ひと消えし地球のやうな苔の上《へ》に実生のかへで植ゑ了はりたり

裏山の椎の花咲く明るさにのちの世までも風吹きわたる

奥付をひらけば第二刷とあり地下なる店に夏の日買ひき

向かう岸の枇杷の小高く生《な》るところ君に言はむと橋の名を挙ぐ

破《や》れ来たる広辞苑第四版を淡きみどりの花布《はなぎれ》支ふ

花なれば

花なれば誰にも描けると言はれたり梅雨《ばいう》近づく小路を帰る

描くとは自己を表はすことならず梅雨《つゆ》の日おのが置き場をさがす

くま蟬のこゑくきやかに届きたり長刀鉾のうごき出す頃

あへぎては木の間を登る身のうちに旧き石段《きだ》生き返るなり

薬草の種子《たね》つぶらなる蒔き了へて鉛筆書きの名札を挿せり

板の間の軋むところを避《よ》けながらなほ日盛りの庭へ出でたり

おのれのみ守るかたちに急ぎゐつ驟雨くまなく到る堤を

アンコール

アンコールに吹かれし行進曲《マーチ》なぞりつつ草のかげ濃き夕べを帰る

山雀《やまがら》の殊に好める実をひろふ雨後の森ぬちもう夏ならず

例挙げて秋の気配を言ひ合へり互みに知らぬ風音の過ぐ

記憶よりむらさきの濃し次に描くつりがねにんじん雨の中なる

行くとなく水辺をめぐる秋の日の比叡のかたちたやすく変はる

掘りしひとの名に呼び来たる池の辺を明るむ方へ歩みゆくなり

定家《さだいへ》の念持仏とふ観音を曇りがちなる秋の日に見る

みぞそばの集まり咲ける川越えて朔日《ついたち》朝の境内を出づ

日照雨

隙間なく満ちゆく秋を歩みをり草の掲ぐる種子《たね》あまたなる

手づくりの切手に色を付くるごと木梢《こぬれ》のさきへ風吹きいたる

八番目の住所に棲める風の日を土手の並木の遠く色づく

雨の間に敷ける木の葉を掃き寄せておんなじ秋の廻《めぐ》るともなし

分線と呼ばれて紅き山ぎはを疏水のみづの北へ流るる

屋根に降る枯葉のおとの積もるなく八幡神社午《ひる》を過ぎたり

雨傘をたづさへて往く堤防にひと握りほどびはの咲きをり

手折るとふ寂しきことに馴れながら勾配見えぬ径を歩むも

やや小さき父のコートを濡らしては墓への径に日照雨降り来る

垣間見ゆる比叡のあをを指さすも幼きひとは落葉あつめて

世のなかを忘れてしまふ暮れの日の祠の上へ伸びる樹々描く

飛石

雪降らで年の明けたり駅伝のをみならの背《せな》図書館を過ぐ

冷ゆる日を自転車二台にまゐり来ぬくちなし色の神札掲ぐ

樹々の間をかぎろひながら降る雨に艫《とも》見するなく冬のゆきたり

雨のうちに草の芽伸びる刻あらむ人のかげなき径へ来てゐる

芽吹きたる草木《さうもく》の名を書きつけて野帖の罫に三月は過ぐ

ひむがしの岸に水音《みづと》の高くして春の飛石わたり終へたり

水絵

いづこにも桜見え来る午《ひる》どきを岩倉川の岸に沿ひゆく

校正のまへに詣づる社《やしろ》まで立浪草《たつなみさう》の咲ける日ありき

幾たびも通ひし道をのちの日に水絵《みづゑ》のごとく言ひつぐならむ
越ゆるのみの川にはあれどもう一度ことしの花をかへり見るなり

走り書き

走り書きの二文字読めずかたばみの蔓延《はびこ》る庭を午後の陽移る

樹々萌ゆる斎庭《ゆには》にみづの音を聴く古りし願ひもはつかなぞりて

びはの実のつかのま見えて緑濃き君が旧居のまへを過ぎたり

後考《こうかう》に俟つと終はりに書かれあり巻十のうたを幾たびも読む

さし入るる腕《かひな》もあをに濡れながら一日花の群れを起こせり

いつぴきと呼ばず見上ぐる螢火のかたみに去年《こぞ》の方《かた》より飛び来

どこにでも隙間のありし頃をいふ夏つばき咲く森ぬちへ来て

先生と呼ばざりしかど思ふ日の樋つたひゆく雨の音聞く

ひとつしか時間のあらず合歓咲きて水面に映る径を過ぎゆく

朝な朝なあをの深きをながめゐて種子《たね》採りおかむ時分となりぬ

横書きの一筆箋を買ひ足して人かげ薄き寺町へ出づ

鮮しき

夕かげの中洲にまろく並びたる十人ほどが歌ひはじめつ

知るうちの三代目なり移りたる郵便局にはがき買ひ足す

接ぎ目なく秋へ入りたりとほきまで種子《たね》飛ばす樹の下を過りぬ

台風の離《か》りゆく朝を軒下のきのふの位置へ駄温鉢はこぶ

とんびの巣落とすと高くのぼりゆく背《そびら》を見つむ秋の陽にほふ

朝の雨に鉛筆書きの名は濡れて白花さんいんひきおこし咲く

さへづりに目覚むる秋の朝ありて名をば知らざること鮮《あたら》しき

下り立ちてフィキサチフ使ふ庭先にむかしのままの月かげ至る

ほんたうのもみぢを見たか　おほ樟の並木の闇へ吸はれて帰る

風のなき橋より秋の川を見つ左岸にホルンらしきが光る

大木になりたると会ふ堤よりかの日えのきと知らで描きにし

窓高きより

知らぬ世のごとく朝空あかるきに冬山椒の種子《たね》を蒔きをり

絵から絵に移るいとまをしみじみと窓高きより秋の陽到る

ツバメノート

嵩もたず光増えをりこの日日を預かれるごと草の径ゆく

ひとの名を思ひてひらく春の日のツバメノートに罫線あはき

あとがき

これまで約二十年に亘って「塔」誌に掲載された詠草を中心とする歌集を編むことができた。それぞれの場で書きとめて来た或るたまゆらがこうしてひと連なりのかたちを持ったことに大きな恵みを実感している。

日日のありようを短歌に書き出してゆくことを思い立ったのは、四十歳になった一九九一年の晩秋に斑鳩の法隆寺の境内を巡っていた折である。

その後およそ十年を経た二〇〇一年の春に永田和宏、河野裕子の両氏にお会いする機会を得て程なく塔短歌会に入会した。以来、短歌はさらに大事なものになってゆく。まことにかけがえのない出発点であった。

私には早世した二人の伯父がいる。ひとりは太平洋戦争においてインパール作戦に従事し、もうひとりは同じ頃に薬学を修めつつあった。

本歌集を編みながらこうした世になき人たちが生きた時間をも歩みなおしていると思った。時代を越えて折々に出会った人びとによって日日のどこかを支えられて来たのであろう。

此処には五〇〇余首を収め、概ね時系列に沿って構成している。タイトルはこれと並行して続けて来た草花のスケッチ帖の名に因んで『艸径《さうけい》』とした。

顧みれば、先の永田、河野両氏はもとより、吉川宏志主宰をはじめとする数多くの先達そして友人から新たな力を吸収しながら今日まで歩んで来た。歌会や校正などの場でお世話になった方々に対してこの機会に心よりの感謝を申し上げる次第である。

今回、永田和宏氏から温かい帯文を頂戴できたのはとても幸せなことで喜んでいる。また青磁社の永田淳氏には歌集への第一歩からきめ細かくご教示いただいた。装丁の濱崎実幸氏による清新な景も得がたいものである。厚く御礼申し上げる。

二〇二一年十一月

溝川　清久

塔21世紀叢書第395篇

歌集　艸《さう》径《けい》

初版発行日　二〇二一年十一月二十三日
著　者　溝川清久
京都市北区上賀茂南大路町六八（〒六〇三―八〇七四）
定　価　二八〇〇円
発行者　永田　淳
発行所　青磁社
京都市北区上賀茂豊田町四〇―一（〒六〇三―八〇四五）
電話　〇七五―七〇五―二八三八
振替　〇〇九四〇―二―一二四二二四
https://seijisya.com
装　幀　濱崎実幸
印刷・製本　創栄図書印刷

ISBN978-4-86198-515-7 C0092 ¥2800E